俵万智

未来のサイズ

角川書店

未来のサイズ＊目次

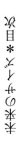

装幀　菊地信義
本文デザイン　南　一夫
見返し写真　俵　万智

未来のサイズ

俵　万智

Ⅰ　2020年

今日は火曜日

朝ごとの検温をして二週間前の自分を確かめている

トランプの絵札のように集まって我ら画面に密を楽しむ

手洗いを丁寧にする歌多し泡いっぱいの新聞歌壇

人生のどこにもコロナというように開花日の雪降らす東京

コンビニの店員さんの友だちの上司の息子の塾の先生

ここにいてここにはいない子の背中オンラインゲームにくくくと笑う

地図上に赤くまあるく人の死の可視化されゆくモーニングショー

地下鉄の車輌に立つ人座る人　咳をすれども一人になれず

生ハムの説明をするマスターの飛沫かがやくビストロの夜

１００日後に死ぬワニのこと心配す　あと１００日は生きるつもりで

目に見えず生物でさえないものを恐れつつ泡立てる石鹸

次々と石鹼見つかる洗面所いつかのバザーで買ったやつとか

楽しんでやろうじゃないのラベンダー、蜂蜜、なまこ、バオバブオイル

（一回休み・マスク二枚）のマスに立つ上がりの見えぬコロナすごろく

打ち切りが決まった
三密を避けて一人のスタジオに最終回の収録をする

ドア、マイク、スイッチ見慣れたものたちを除菌しており儀式のように

スタッフはみな福岡の人だから会うこともなく今日で解散

簡単に想像していた　来年もこの番組に出ている我を

笑うとは花が咲くこと録画しておいてよかった「翔んで埼玉」

長すぎる春休み子に訪れて竹原ピストル久々に聴く

ゴミ出しのおかげで曜日の感覚が保たれている今日は火曜日

二週間は台風４個ぶんだねと自粛楽しむ石垣の友

昼食のカレーうどんをすすりつつ「晩メシ何？」と聞く高校生

「黒長い貝が黄色いコメたちを旨くするやつ」というリクエスト

ほめかたが進化しており「カフェ飯か！　オレにはもったいないレベルだな」

ネットでは選べぬ文具があるからと出かけてゆきぬ子はマスクして

四年ぶりに活躍したるタコ焼き器ステイホームをくるっと丸め

やっと読む『夏物語』小説の中でも我は密を気にして

会わぬのが親孝行となる日々に藤井聡太の切り抜き送る

発芽したアボカド土に植える午後　したかったことの一つと思う

上京し発症したる宮崎の母娘の春の足取りを読む

発症の図解イラスト見ておれば潜伏期という執行猶予

布マスク縫う日が我にも訪れてお寿司の柄を子は喜べり

手伝ってくれる息子がいることの幸せ包む餃子の時間

飛行機のキャンセルをして本当にオリンピックのない夏となる

園芸の初心者に首をいじられて不機嫌そうに身をよじるバラ

なにすんねんまだ咲いとるわというように小さなトゲを立てる一輪

寄せ植えにペチュニア追加してやれば転校生のようなおすまし

スーパーの開店前に人多し裏をかけない私も並ぶ

バンクシー新作——ほんとうは、ずっと

看護師の人形掲げ少年はやがて飽きちゃうヒーローごっこ

緊急事態延長されてネットにはアフターコロナを語る人たち

「前向きな疎開」を検討するという人よ田舎は心が密だよ

「選ばれる地方」「選ばれない地方」選ばれなくても困らぬ地方

子連れオッケー陽ざし溢れるカフェだったフェイスブックに廃業を知る

一人勝ちしたるミニバラ寄せ植えの鉢に立ちおり一人ぼっちで

人と会う約束、仕事、なくなりて静かな三月、四月、来月

おそらくは家にこもれる人のため阿蘇の絵葉書き選んで書こう

外出というにあらねど化粧してメガネをはずすパソコンの前

鏡見て前髪なおすその人の表情を知るＺＯＯＭの画面

「画面にも上座下座がありますか？」マナーブックにまだ答えなく

必需品優先というアマゾンに本の流通滞る夏

感染者二桁に減り良いほうのニュースにカウントされる人たち

知らぬ間に鬼かもしれぬ鬼ごっこ東京の人と宮崎で会う

前を向くマスクファッション　Tシャツと色を合わせた若者がゆく

帰宅するまでが旅ならキャンセル料発生する日が旅のはじまり

「夜の街」という街はない

カギカッコはずしてやれば日が暮れてあの街この街みんな夜の街

濃厚な不要不急の豊かさの再び灯れゴールデン街

夏らしいことしてみたき夏が来てカフェフラペチーノ丁寧に飲む

第二波の予感の中に暮らせどもサーフボードを持たぬ人類

Ⅱ　2013年～2016年

アコークロー

むらさきに染まる雲あり「紫陽花」はこんな空から生まれた漢字

夕焼けと青空せめぎあう時を「明う暗う《アコークロー》」と呼ぶ島のひと

島らっきょうの泥落としつつ考えるネギ科の女、イモ科の男

沖に出て小さきカヌーとなりながら手を振るものを若者と呼ぶ

子育ては子ども時代をもう一度味わうものと思う朝顔

コンビニのなくてもよさと便利さを知るコンビニのない町に来て

マングローブの家族寄り添う　海辺でも生きていこうと決めたものたち

子のために選ぶ地球儀おおきくてまるくて確かなものとしてある

地勢図と行政図あり人間は線をひくのが好きな生き物

南の島の市長選挙に元防衛大臣が来て太郎も来たり

じゅん子来て進次郎来て一太来て「魅力ある島」と訴えている

難しくないはずイマジンこの島が誰のものでもなかった頃を

ＰＡＣ３そこに見ながら新空港ダンスを踊る島民われは

大潮の時間で変わる待ち合わせ　婦人部会合延期となりぬ

ＮＨＫ昼のニュースに聞く言葉「二月風廻り《ニンガチカジマーイ》」に注意せよ

翅アリの翅びっしりと落ちている螺鈿細工のような坂道

さみどりの獣の背中を毟るごと岩場に我はアーサーを採る

海の香を焦がさぬように半日の時間煮つめて作る佃煮

地図に見る沖縄県は右隅に落ち葉のように囲われており

海水が好きなわけじゃない

一枚に塩分集め落とす知恵　マングローブに「犠牲の葉」あり

村祭りの列に連なる子らの声「さぁさぁ！」さぁさぁ真っすぐに行け

夏はそこまで

午前二時大潮の海をゆく人は頭に小さき光を載せて

タコを突く長き棒持ち巡礼のごとしも沖へ進む人たち

「群《むり》か星《ぶし》」耳にやさしき八重山の音韻で聞く星の伝説

足元のヤドカリたちが動き出す私の気配が消えたしるしに

名を知れば輪郭を持つ風景の長命草やクワズイモの道

投稿の常連さんの独特の文字を見ぬまま秋そして冬

図書館の窓の六階より見ればスカイツリーと月の剣玉　小菅暢子

スカイツリーと月で剣玉しておらん比喩の名人天に召されて

選評を何度書きしかワープロに「のぶこ」と打てば「暢子」あらわる

島々をけんけんぱあでゆく神の足を見ていたあなたの瞳

東京に雪降る午後をこの島はタンポポの綿毛空にまきおり

赤瓦の屋根に上りて子は雲と話しつづける　おーい、おおーい

雑草の増えゆくさまを眺めつつ「ヤギでも飼うか」と言う管理人

潮の香のパンツ、靴下、ランニング　少し惜しみて洗いゆくなり

雨のなか川を上れば頭髪は頭を守るためにあるもの

なんという陳腐なたとえ花吹雪のようにリュウキュウアサギマダラは

なぜここに蝶がいるかはわからない「そんなものなの」「そんなものです」

十五分前に見たあのガジュマルの続きの枝に出会う密林

藤の花のごとくむらむら垂れ下がり雨宿りする蝶々の群れ

クモの巣にかかる獲物の増えており島の四月の夏はそこまで

マンションに除湿器標準装備され「ヤモリガード」の付く室外機

七歳と五歳の少女やって来て次々と履く我のパンプス

訃報

君の死を知らせるメールそれを見る前の自分が思い出せない

誰よりも知っているのにああ君をネットで検索する夜がある

さよならの後の暗黒　地下へ地下へ地下へあなたは潜っていった

来年はもう届かない年賀状「近いうちに」と書いた手思う

風邪ひけば葛根湯を飲む我のこの習慣は亡き人ゆずり

見送りは心ですますと決めたから畑にニラを摘む昼下がり

死者となりむしろ近くにいる人かどんな言葉も届く春空

いつもいつも何かが遅い我のため「漂流郵便局」の私書箱

未来を汚す

２０１４年４月16日、大韓民国の大型客船セウォル号が沈没。修学旅行中の高校生を含む三百人以上の死者・行方不明者を出した。

安全じゃないことうすうすわかってた船に子どもを乗せる前から

昨日まで沈まぬ船は明日からも沈まぬだろうという神だのみ

危険な場所で危険なものを動かして想定内の事故は起こりぬ

パニックにならないために繰り返す「動かぬように」というアナウンス

大丈夫かどうかは誰にもわからねど「落ちつきなさい」というアナウンス

子どもらを助けていたら沈むから下着姿で逃げる船長

こうなってしまったことのほんとうの悪いひとたち現場におらず

異様なる広告宣伝費はありて安全よりも安全神話

あの世には持っていけない金のため未来を汚す未来を殺す

原因はあとからわかるわかっても結果を変えることはできない

知れば知るほどむしろありえることだったこれまでがただ幸運だった

ふいにくる死者のまなざしあの海とつながっている今ここの海

つくりだしちゃってしでかしちゃって人間が海に命を奪わせている

殺人の婉曲表現「人災」は自然のせいにできないときの

ようやくの美談はありて最後までとどまりし人の殉職を聞く

都合悪きことのなければ詳細に報じられゆく隣国の事故

国、首相、社長、官僚　見殺しの方法ばかり歴史に学ぶ

沈むまで三日あったらできたこと三年たってもできてないこと

シルエット海辺に浮かび原発は出航しない豪華客船

海辺のキャンプ

遠足のキャンプファイヤーあかあかと持ち帰れない千年のゴミ

「おかたづけちゃんとしてから次のことしましょう」という先生の声

保護された秘密の子らが歌ってる「あんたがたどこさ」「それは秘密さ」

つぶやけば「庇護さ」「庇護どこさ」「黒塗りさ」つぶやき返すツイッターの声

隠しても無かったことにはならぬなり神隠しとは神のみの業

雨の降る確率0パーセントでも降るときは降るものです、雨は

声あわせ「ぼくらはみんな生きている」生きているからこの国がある

台風の指

夜に咲く花の匂いのねっとりと味つけをしたような川風

図書館の閉架の棚から呼び出されネモ船長が子に会いにくる

釣る泳ぐ登る飛びこむ　がじゅまるの木陰の子らの動詞豊かに

集中は疲れるけれど夢中なら疲れぬと言い遊びつづける

今日という日を駆けぬけろロマニーの言葉で昨日と明日は同じ

早起きのできない理由「面白い夢が最近多すぎるから」

子のドラムドンドンタッツツードンタッツ「シャーン」のところで得意そうなり

沖縄のものにあらねど常備するスパム、ツナ缶、金ちゃんヌードル

筆武将が剣より強いペンを持ち武将ヒゲ生やすと子は思うらし

「お手元はいかがでしょうか」さくら待つ便りのごとき督促メール

我のため今朝色づける赤イチゴ蟻に食われる前にもぎとる

翌日はもう伸びており草刈は髭剃り程度と知る島の庭

転びたるリレー走者を追いついた二人が起こす大運動会

にわか雨よりも激しき音たてて空心菜を炒めておりぬ

駐車場の車つまんで転がして信号機折る台風の指

嵌め殺しの窓から侵入する雨が逃げられないぞと念を押すなり

冷凍庫のハーゲンダッツ思いきり食べ　ねばならぬ停電の夜

六階の窓に海藻を貼りつけて気がすんだかい台風コーニー

討ち死にのごとく倒れてサトウキビ畑はいまだ風の押し花

ネズミから去るダニの群れ　命なきものを見限るさま容赦なく

台風の被害を競い合うように午後じゅう話す島のひとたち

ティラノサウルスの子どもみたいなゴーヤーがご近所さんの畑から来る

ガラケーしか使えぬ我がこだわりの人と見られている島のカフェ

もう少し強いこと言ってほしそうな記者の期待に応えず終わる

人参を抜いて尻もちつく真昼　絵本のような畑に一人

地面はいいなあ

悪天候シュノーケル不可　裏メニュー洞窟探検決行の朝

ヘルメット、ウェットスーツ渡されて子が行くならば母も行くなり

滑ったら終わりと思う高さにて自分の命は自分で守る

表面に雑草なんか繁らせて地球のなかみ奇天烈である

暗闇にしずくを受けて育ちゆく石筍《せきじゅん》という根気に出会う

考える生き物として立つ我は石の一つに名前をつける

これなんの罰ゲームかと思うまで立ち泳ぎにて水を横切る

コウモリがいるエリアなり暗闇に糞の匂いを手がかりとして

天井が果肉のようだコウモリの瞳の種がつぶつぶ光る

あらかじめ用意されてはいないからつかまる石は自分で探せ

モノクロの世界に体を浸しつつ「地下水道」を思い出すなり

カンダタの気持ちで上る一本のロープ後ろを見てはいけない

もう一度行くと言う子よもう二度と母は行くまい地面はいいなあ

寅さんだったら

この夏の宿題として黒白のバルーンあがる国会の前

何一つ答えず答えたふりをする答弁という名の詭弁見つ

「天ぷらは和食ですよね」「繰り返し申し上げます。寿司が好きです」

この道はいつか来た道ああそうだ茶色の朝に聞こえるノック

下校した子らと一緒に見ておれば大乱闘となる参議院

スクラムにダイブをすればヒゲパンチこれが大人の学級会か

「議場騒然、　聴取不能」　と記されし八分間の行方わからず

「違憲だから徴兵制はない」　と言うあなたの言葉さびしい鏡

クンづけの点呼の読経しめやかに良識の府を満たしゆくなり

葬られゆくものはあり焼香の列に連なる記名投票

「ただちには」ないってことか戦争も徴兵制も原発事故も

多数決のあとの大型連休の予定調和の秋晴れの空

自己責任、非正規雇用、生産性　寅さんだったら何て言うかな

牛たちを「経済動物」と呼ぶときの寂しさを言う三船敏郎

「オレなんか真っ先にやられちゃうねえ」と寅に言わせし山田監督

今ならば絶対バイト　三平の雇用保険にさくらが悩む

「携帯のお食事無料」のコンセントステーキハウスのカウンターにあり

健康のためなら死ねるというように平和を守るための戦争

五十肩の両腕そろりと上げゆけば中年われのファイティングポーズ

あたりまえのことしか書いていないなと憲法読めり十代の夏

しかたないさー

右は雨、左は晴れの水平線　片降《かたぶい》という語が島にある

唐突に「少子化」という語をつかい子が書くサンタさんへの手紙

畑よりくっきり虹が生えている虹の根元を掘りにいこうか

南国の島にもつかのま冬は来て「さむい」と「さみしい」少し似ている

ヤドカリの貝殻いつかきつくなり脱がねばならぬ浜辺を歩く

進学のためと話せば島人は素早く頷く「しかたないさー」

どこんちのものかわからぬタッパーがいつもいくつもある台所

あと三日で引っ越しをする我が部屋に日常として子ども七人

マスクしたまま面接を受けし子が人は見た目じゃないよと言えり

子のために願うことなかれ願うとは何かを期待することだから

三月の資源ごみの日きっちりと束ねられたる参考書あり

ダンボール六十箱に収まった島の暮しに貼るガムテープ

「泡波」の一升瓶を空けたって飲み足りないよ島の友だち

女の子も育てたかったたこの島にハルちゃんモモちゃんのこと忘れない

島に来て島の子となり卒業す　さよなら崎枝小中学校

次に来るときは旅人　サトウキビ積み過ぎている車追い越す

いつも通り我は乗りこむ往復の「往」のみ予約せし飛行機に

ルイ、ルカという姉妹いてプルメリアのように咲きいる島を思えり

Ⅲ　２０１６年〜２０１９年

未来のサイズ

天気予報はずれて晴れの公園に桜と人とふくらんで見ゆ

ローソンとポスト確認クロネコはまだ見つからぬ新しき地図

朝ごとに来る朝刊のみずみずし島ではなかったことの一つに

修道院のように宿舎の見えてきて渡り廊下をすれ違う影

抱きしめて確かめている子のかたち心は皮膚にあるという説

制服は未来のサイズ入学のどの子もどの子も未来着ている

日之影町舟の尾というバス停あり樹の海、葉の波、漕ぎゆく四月

三十日前まで小学生だった子らが懸命に住む男子寮

呼び出しの電話の向こうの雑音を推理しており吾子が来るまで

相部屋の感想聞けば「鼻くそがほじれないんだ。鼻くそたまる」

その味がソウルフードになりゆくか宮部精肉店のコロッケ

カップ麺禁止の寮に子どもらは「スープはるさめ」の是非を問うなり

汚れもの入れる袋が必要か目覚めとともに子を思う朝

ふいうちでくる涙あり小学生下校の群れとすれ違うとき

学校のチャイム聞こえる午後三時おまえのタオルと洗剤を買う

「だれやめ」は「疲《だ》れ止《や》め」と知る居酒屋に迷わず頼む「だれやめセット」

地頭鶏《じとっこ》のモモ焼き噛めば心までいぶされて飲む芋のお湯割り

冷や汁

日に四度電話をかけてくる日あり息子の声を嗅ぐように聴く

食べながら思い出し笑いするはずだ「甘栗むいちゃいました」を送る

「毎日」と人は言うなり一日にたった一枚のハガキ書きおり

世界まだ知らぬ息子が暗記するアンデス山脈バチカン市国

試験よくできたみたいだ今日の声「カレー食べすぎちゃった」と話す

あす会えるあした会えると思うとき子を産む前の夜を思い出す

梅仕事とはよき言葉かな竹串でホシを取るとき無心になれる

シチューよし、高菜漬けよし、週末は五合の米を炊いて子を待つ

「このマークの服が欲しい」と描く子よ母にはそれがシャネルに見える

アイロンをかけただけなり息子から二回言われている「ありがとう」

口蹄疫の悲しみ深く咲く丘の向日葵のこと知る音楽祭

「見たくもないものも見てきた」という歌詞が追いかけて来る夜の都農ワイン

「冷や汁」は「ひやしる」と読むほうが好き氷浮かべたような涼しさ

この朝を揚げ物の匂い漂いて弁当作る人のいるらし

子のために切りあげることなくなって一本の紐のような一日

いただきます

軽トラの荷台でコケコケはしゃぎおりまだ食べ物に見えぬ鶏たち

首斬られなおも激しく動く脚　命はどこにあるのか脚か

放血ののちの体を湯につけて毛穴ゆるめる手順通りに

熱いうち羽をむしればなんとなく見たことのある鶏肉となる

青ざめて胃の腑おさえる男の子　心豊かに今日は傷つけ

解体をすればよくあるチキンなり手羽先ささみムネモモレバー

大中小の黄身並びおり命とは順番ありて生まれ出るもの

火をおこし肉を焼き食う人類の一員として今日の君たち

子らは今そのあいさつの意味を知る　命「いただきます」ということ

コペルの時間

レシピにも行間がある揚げたてのアジを浸せば鳴く三杯酢

火曜日は燃えるゴミの日　特小の袋で足りる我の日常

十円の値上がりののち二つ目のユリの花咲く官製はがき

戦闘機Ｆ35飛来すとニュースは告げる鳥のごとくに

地球約２・１周しましたと我のマイルを知らせるメール

一日を全部自分に使える日　書き継いでゆく牧水の恋

牧水が海亀ならば泣きながら浜辺に産んだ歌の数々

ドローンがかき混ぜている秋の空　鷹匠のようなカメラマンいて

反抗は甘えだという記事を読み今朝丁寧にむく次郎柿

理系文系迷う息子が半日を「星の王子さま」読んでおり

曼殊沙華揚げたるごとし紅生姜と竹輪の天ぷら「ちくしょう」を食う

子ども服ＸＬと紳士ものＳ並びおり息子の部屋に

言葉数少し減りつつこの冬は『博士の愛した数式』を読む

つむじという語を知らぬ子の解答の「おへそを曲げる」悪くはあらず

子の髪に焚火の匂い新調のダウンジャケット焦がして戻る

地につかぬ羽根見ておればテニスよりバレーボールに似るバドミントン

焼畑のソバ粉のソバの挽きたての打ちたて茹でたて塩でいただく

『君たちはどう生きるか』を読み終えておまえが生きる平成の先

降る雪のしんしん思索する君のルートの時間、コペルの時間

沈黙の川

遠く遠く人を見舞いにゆく今日の風冷たくて神の無い月

長崎は坂道多し角ごとに見えぬ何かが手まねきをする

子を産みて仙台・石垣・宮崎と慌ただしかり我の十年

みんなみんなの兄貴なりしよ幸綱に「好漢三十五歳」と呼ばれ

自らは食べずひたすら振る舞えり料理上手な君の人生

角川短歌賞受賞

「お祝いに歌人と話しさせてやろう」我は選びき河野裕子を

あれはどの冬のできごと「愛人でいいの」の歌を褒めてもらった

歳月は沈黙の川　君といた日々たぐりよせ、さかのぼりゆく

病得て澄みゆく人のかたわらに娑婆の私は哀しかりけり

しゃべれども伝えたきこと多すぎて、否、なさすぎて右手を包む

お見舞いの後に立ち寄るイオンにはありふれたもの並ぶ眩しく

新品の夏

カドケシのようなマンション並びおり雲をこすってみたき春空

にんにくを牛乳で煮る優しさに子の反論は受けとめるべし

アンチョビがペースト状になるまでの根気が大事、聞く耳大事

不条理とは何かと問われ子に渡す石牟礼道子『苦海浄土』を

シンプルなレシピだからこそ大切に手順重ねてゆく仲直り

エピローグ書きはじめれば牧水と我との恋も終われるごとし

一枚の版画の原画のマチエール確かめたくて乗る両毛線

隣席に『上司が壊す職場』読むこの男性は上司か部下か

シャーペンをくるくる回す子の右手「短所」の欄のいまだ埋まらず

「短所」見て長所と思う「長所」見て長所と思う母というもの

最後まで友を息子は庇いたり我は憎めり今も今でも

空欄はゼロではなくて無限だよ　やりたい仕事なりたい自分

親という役割だけを生きる日の葉桜やさし授業参観

同僚が四年に一度の寝不足でオウンゴールのようなミスする

8時間遅れで観戦しておればパラレルワールドに漂うごとし

同点のシュート決まれば7時間前の人らと共に喜ぶ

巻き戻しできぬ世界に帰りきてオートミールに注ぐ牛乳

アディショナルタイムの後も人生は続いていくよご飯にしよう

青島でサーフィン

波に乗るためには波を見ないこと背すじ伸ばして遠く見ること

10センチ背丈伸びたる息子いてTシャツみんな新品の夏

空と口づけ

インスタの桜が騒ぐ幾つもの「いいね」の中に君を見つけて

はずみつつつんのめりつつ来るメール小さい「つ」の字ちりばめながら

音声翻訳機《ポケトーク》あなたと試す昼下がり初恋みたいなもどかしさだね

ふいうちの「好き」を投げればストライク「ずるい」と言われることにも慣れて

目をつぶり空と口づけするようにジャパンキャビアを君は味わう

青年の「かなり嬉しい」はどれほどの嬉しさなのかかなり戸惑う

家族ではないというこの距離感に今夜一人で見る天の川

ひとことで私を夏に変えるひと白のブラウスほめられている

好きすぎてどこが好きかはわからない付箋だらけの歌集のように

日向夏くるくるむいてとぎれなく長くまあるく一人を想う

角砂糖のように味わう小さくて四角いあなたの手紙の文字を

ほめ言葉たくさん持っている人と素顔で並ぶ朝のベランダ

ひとひらの雲となりたし千年のかくれんぼして君を見つける

アビー・ロードに

街の部品入れ替えられて五年ぶりのロンドンにラーメン店多し

再会の改札口で君にまず有料トイレについて尋ねる

時差ボケの眠さはふいに砂となりガラスのくびれに吸いこまれゆく

路線図はメロンの網目ロンドンの日常としてある赤いバス

アボカドがひょろりと長いマーケット葡萄のような芽キャベツの束

二階建てバスから見れば昨日より作り物めくカフェの人々

ビートルズそれほど好きでない人もアビー・ロードに渋滞をなす

ニッポンを愛する君の邸宅のニッポンよりも日本庭園

駅名のつづりを見れば Bath Spa《バース・スパ》 古代ローマの風呂の街なり

電話なき電話ボックスに花あふれおしゃべりしているおしゃれしている

ドイツでは

電話なき電話ボックスに本あふれ物々交換古本市場

友のいる場所

ベランダに朝顔青しサンディエゴの夏の中なる息子を思う

朝食の写真が届く午後三時　茶色いもののみプレートにのる

つまらない母親役をやっており髪染めたいと言いつのる子に

「カツラならオッケー」と書くEメール（笑）《かっこわらい》を付け足しておく

知らぬまにインスタグラム始めたる子をフォローせず覗き見るなり

「友の数×深さ」が青春の面積となれバルボア・パーク

果てしなく陽気な奴らイタリアに行きたしと子は縞のシャツ着て

日本人は人気あるらし囲まれて忍者のポーズしているコミケ

それぞれに母語の異なる子どもらが英語で語るナツノオモイデ

二時間後帰国する子を空港に待つ四週間と二時間を待つ

着た気配なく戻り来ぬ北斎の柄のTシャツ持たせてやれど

中国のニュース聞くとき張君を思え国とは友のいる場所

文化祭にドラムを叩く　エイサーの太鼓を叩いておりし幼子

最後とは知らぬ最後が過ぎてゆくその連続と思う子育て

待合室

ふるさとの母と話せば里芋の味少し濃い時間の流れ

「死ぬまでの待合室」と父が言う老人ホーム見学に行く

囲碁クラブ今日は九人集まりて父の対局相手はおらず

ますらおという語を知らぬ若者と老母が歌うロシア民謡

あたらしき住まいに固定電話なく「らくらくホン」を父は購う

らくらくホン持つ老人に内閣の支持率調査の電話はあらず

ホームでの父と母とを思うとき青じそ茗荷香るバラ寿司

書き初めに祖母の書きたる「カツカレー」活きるカレーと思う今ごろ

徒歩五分のスーパーまでの道のりをグーグルアースでたどる何度も

老い母の視線するどくブロッコリーの山から選ぶ確かな一つ

老夫婦見かけるたびにその老後気になる大きなお世話な私

長椅子に寝て新聞を読みおれば父が私を「母さん」と呼ぶ

みちのくの母の命のよみがえりスミレの花のような毒舌

屋久島

千年の杉の沈黙見上げおり見える命と見えない命

わたくしを輪切りにすれば年輪のまん中にいるはずのおさなご

唐あげの翼広げてトビウオがインスタ映えするラーメンの海

スギゴケは天使の産毛そよがせて鋼《はがね》の手すりの上にも芽ぶく

四百の緑の谷に水あまし猿にも鹿にもなれそうな朝

『失われた時を求めて』 未読なり縄文杉への道未踏なり

いつかまたいつかそのうち人生にいつか多くていつかは終わる

ひめしゃらはつるりと赤茶の肌見せて森の光のペンキ塗りたて

みんな「いいね」～平成新語・流行語大賞

流行と流通の違い思いおり密林《アマゾン》を吹く風ランキング

クッキーのように焼かれている心みんな「いいね」に型抜きされて

大豆から味噌を作るは忙しいことかゆとりかボーっと生きたし

「そだねー」とまずは息子を受け入れて具を追加する炊き込みご飯

くまモンのイントネーション二つあり「しあわせ」なとき「ミラクル」なとき

個人情報さらさらされてゆく春の文春砲のゆくえ知らずも

煮ぇ切らぬ押し問答の時代にて「いいじゃあないの」「ダメよダメダメ」

「倍返し」「今でしょ！」「じぇじぇじぇ」「お・も・て・な・し」満開になる流行の森

二時半のことと思いて深呼吸　ＰＭ２・５の昼下がり

活発な活魚の国の部活のち就活、婚活、終活、刺身

草食系男子となりし弟がそこそこ進むイクメンの道

華々しくどげんかせんとと言われたる宮崎に今どどんと暮らす

残念！と勝訴のように文字掲げギター侍東京を斬る

地球にやさしい地球にやさしいって言うじゃない？　やさしくないのは人間ですから

雨傘も日傘もいらぬ負け犬の側から見える空の大きさ

ほろほろと息子生《あ》れたり『バカの壁』ベストセラーとなりたる年に

動詞から名詞になれば嘘くさし癒しとか気づきとか学びとか

美味しいと感じることが流行のモツ鍋、ティラミス、ボジョレーヌーボー

眠れ眠れ大人のための子守歌24時間タタカッチャダメ

名づければ埃も風も見えてくる平成元年新語セクハラ

リズム

冬の朝十年前の息子から「ありがとう！」の缶詰届く

美しい水であれたか繁りゆく子の言の葉のクレソンの味

「二年間金魚係の令和《れお》くんの時代はたぶん来ない気がする　T・T」

生き生きと息子は短歌詠んでおりたとえおかんが俵万智でも

生徒らの歌に勝ち負けつけてゆく短歌甲子園に揚げる白旗

「青」という題詠で詠む延岡の高校生に青魚多し

プレッシャーと闘う心　ＡＩの持てないものの一つと思う

我のみが赤旗揚げし勝負あり君らに贈る渾身の赤

東京オリンピック２０２０

ボランティア志願する友　敷島のにっぽん脱出企てる友

テンポよく刻むリズムの危うさのナショナリズムやコマーシャリズム

数秒が命運分けしマラソンの選考会のゴール忘れず

生きながら死につつもある人間は勝ちながら負け、負けながら勝つ

愛はいつでも

レシピ通りの恋愛なんてつまらないぐつぐつ煮えるエビのアヒージョ

その青い花の名長し水無月にあなたがくれた花と覚える

べらぼうにウマいと言われ丁寧にダシのとりがいある男なり

見つからぬためではなくて見つかるという喜びのためかくれんぼ

既読マークつかないようにしてる人　小さな心の鍵を感じる

すれ違うことに不慣れな生き物となりてスマホという命綱

ストライプ交わることのなき夜をストロベリーのカクテルを飲む

よこしまは縞でなければ接点を探りつづけるボーダーライン

ほどほどの切れ味がいいセラミックナイフのような新語をつかう

だからって引き返せないエレベーターLOVEよりLIKEは長続きする

君の背にミミズ刻んでゆく夜を昆虫食の宴はじまる

経済のはじまりという交換の愛はいつでも不等価交換

離着陸終えた君との物語　羽田エクセル東急の窓

我が「ラ・ラ・ランド」

プレミアムモルツ飲みたくなるような病名を聞く初夏の病院

うす青く染まる細胞　タマネギの皮を覗いた日を思い出す

わかりやすい老化と思うことにした「ゆっくり進む病」というなら

封をした検査結果をふところに運び屋のごとく戻る病院

誰だって何かで死ぬと思えども死よりも病を恐れる心

眠れない夜の手すさびの眠の字の仮眠、冬眠、安眠、永眠

近いうち飲んじゃおうかな初めてのボルドーで買いしシャトー・フィジャック

ツイッター相互フォローの淡き縁　小池一夫の訃報に接す

ポストまで朝の散歩をしておればカバン持つ人みな急ぎ足

「面白い質問ですね」と褒めながら答えたふりをする人工知能《シリ》の知恵

義実家《ギジツカ》という語を友が口にするたびにビリリと揺れる夏空

求めてるものは「恋人」と告げられる深夜番組の心理テストに

別れ来し男たちとの人生の「もし」どれもよし我が「ラ・ラ・ランド」

あとがき

短歌は、日々の心の揺れから生まれる。どんなに小さくても「あっ」と心が揺れたとき、立ちどまって味わいなおす。その時間は、とても豊かだ。歌を詠むとは、日常を丁寧に生きることなのだと感じる。

二〇二〇年、突然日常が失われた。コロナ禍のなかで、これまでの当たり前が、次々と当たり前ではなくなっていった。今までにない非日常の暮らし。けれどそれさえも、続けばまた日常になってゆく。そこから歌が生まれる。Ⅰには、主にその時期のものをまとめた。

二〇一三年から二〇二〇年まで。足かけ八年の第六歌集となる。四百十八首を選んで構成した。

この間の個人史で一番大きかったのは、住まいを移したことだ。まる五年を暮らした石垣島から、縁あって宮崎へ。息子が中学生になるタイミングだった。おおむねⅡが石垣島、Ⅲが宮崎での歌となる。子育てを通して、社会のありようへの関心を深めた時期でもあった。子どもたちの「未来のサイズ」が、大きくたっぷりしたものであることを、祈らずにはいられない。

昨年末、渋谷のシアター・イメージフォーラムで、息子と一緒に映画「つつんで、ひらいて」を観た。菊地信義さんを追ったドキュメンタリーである。装幀とは、本を包むものでありつつ、テキストの心を開いて見せてくれるもの。息子は、紙の選択や製本の場面でのやりとりが印象に残ったと言う。一冊の本が出来上がるまでには、実に多くの人の手が必要だ。菊地信義さん、そしてともに歌集を形にしてくださった方々に、感謝申し上げたい。

編集では、石川一郎さんと住谷はるさんが力になってくれた。歌集を編むうえで、自分の歌を読みこむのは大事だけれど、読みこみすぎる弊害もある。飽きてしまうと厳しくなるし、慣れてしまうと甘くなるのだ。迷ったときに球を投げると、お二人が的確に打ち返してくれた。

コロナ禍の収束は見えておらず、日常は、まだぐらぐらしたままだ。たぶん、ぐらぐらしていることを意識しながら過ごすのが日常、ということになっていくのだろう。だからなおさら、ありふれたことが、実は奇跡的なバランスの上にあることを、忘れないでいたい。そこから、大切に歌を紡いでいきたい。

短歌は、日記よりも手紙に似ている。読んでくれる人の心に届くことを願って、いま、そっと封をします。

二〇二〇年　夏

俵　万智

著者略歴

俵 万智（たわら まち）

1962年、大阪府生まれ。85年、早稲田大学第一文学部卒業。86年、「八月の朝」50首で第32回角川短歌賞を受賞。87年、第1歌集『サラダ記念日』を刊行、翌年同歌集で第32回現代歌人協会賞を受賞。96年より読売歌壇選者を務める。歌集に『かぜのてのひら』『チョコレート革命』『プーさんの鼻』（第11回若山牧水賞）『オレがマリオ』など。評論に『愛する源氏物語』（第14回紫式部文学賞）『牧水の恋』（第29回宮日出版文化賞）『あなたと読む恋の歌百首』など。

未来《みらい》のサイズ

初版発行　2020年9月30日
6版発行　2023年4月20日

著　者　俵　万智
発行者　石川一郎
発　行　公益財団法人　角川文化振興財団
〒359-0023　埼玉県所沢市東所沢和田3-31-3
ところざわサクラタウン　角川武蔵野ミュージアム
電話 050-1742-0634
https://www.kadokawa-zaidan.or.jp/
発　売　株式会社　KADOKAWA
〒102-8177　東京都千代田区富士見2-13-3
電話 0570-002-301（ナビダイヤル）
https://www.kadokawa.co.jp/
印刷製本　中央精版印刷株式会社
 ISBN978-4-04-884381-2 C0092